仮象

Kashō

Ritsuyū Yamanaka

山中律雄歌集

現代短歌社

目次

装幀・間村俊一

仮象

山藤

母の手を取りて寝床にゆく父の老いのふたりのいつまでならん

あなどりて残しおきたる山藤は念仏塚をふとぶとと巻く

寺のことあるいは畑の茄子のこと聞きて親しも島のをみなは

莫蓙敷きて豆殻叩きゐるをみな聞けば九十を越えしと言へり

湯に入りてたのしむ夜の蟋蟀のこゑは内より外より聞こゆ

病状

われひとり診察室に呼びだされ父の重たき病状を聞く

肝臓に散らばる星のごときもの腫瘍と言ひてわれに見しむる

家にては為さざる父が入院ののちは毎日下着を替ふる

認知症すすみて父の容態を理解し得ざる母の笑顔よ

あかき花

おもふさま隣の境越えて散る椿のあかき花おびただし

冬海の白き波濤をまへにして浜の家々垣たかく結ふ

冬いまだ凍らぬみづを彩どれる鷺もとどまる雲もまた白

ふるさとに遠く暮らして老い父が賀状とどかぬ友を案ずる

ともどもに雪国の冬過ごしゐてかがみ餅嚙むかとを憎まず

こののちの長きいのちを疑はぬ父が客間の改築をいふ

夜の空をわたれる鷺のこもごもに鳴きかはすこゑ谺のごとし

歳神

吹き降りのものも巻きつつ移りきて雪のつむじが目の前に消ゆ

それとなき奢りか寒の大鰤は地元の海にあがれるを買ふ

敬虔に人らは老いて立春の夜のどんどに歳神送る

出でゆきし隣の嫁をくさしつつどんどの炎老いらが囲む

同行の輪袈裟をかけてをみならが石の寝釈迦に和讃をとなふ

あるときは家より外の温かきひと日もありて冬すでに過ぐ

年々に畑のさかひ削りゆく老いを怒りて青年が言ふ

建物をおほへるテント過ぐるとき疾風は力みなぎりて吹く

木蓮の蕾おほよそととのひて春の彼岸の青空を指す

四月八日

大患の生きてけふあるよろこびに父は八十四歳となる

黄砂降る窓をひすがらながめゐて病やしなふ父ぞかなしき

部屋の灯を消さずに眠る幾夜ぞ病み臥す父の緊急のため

命終を待つ父の傍ぜひもなく腹減りて妻とにぎり飯食ふ

一時間ごとに容態確かめて代理のきかぬ会議に出づる

帰るすべなくてとどまるほかはなし夜ふけホテルにとどく父の死

四月八日は、釈迦降誕会

四月八日待ちて逝きたる父ならんひとり思ひてこころ慰む

み棺のうへに小刀置かれゐてこののち父のこゑ聞くはなし

白き箱持ち上ぐるときさりさりと崩るる父のみ骨の音す

怠りのなきわが父のひと世なり日々に倣《なら》ひてとほく及ばず

のちの世も父の子として生まれたし常おもひゐてけふまた思ふ

今日のみのよきものといふあつかひに妻が喪服を簞笥より出す

父の死を忘れて父を問ふ母にその死告ぐればいたく悲しむ

コップ酒

鍋かけしまま出でゆきて戻らざる妻の今宵の大事とはなに

ひろびろと山の畑を覆ひたる菜のはなの黄は眼にあたたかし

夕かげのさだかならざる水のうへ降らんとして鷺ひくく飛ぶ

連れ合ひの墓参にひとり来し老いが寺にあがりてコップ酒乞ふ

なほ生きてゐたいかと問ふ老いのあり葉ものあきなふ老いのひとりに

往来にひろげて葉ものあきなへる生くるに怯みなきをみならよ

池

年老いし住持逝きたるそののちは守るものなく寺荒れしとぞ

海の湯に日々かよふなど生きるだけ生きて用なき老いを羨む

虹鱒の養殖つひにならぬまま池荒れはてて山間にのこる

ひとり食ふものをしばらく考へてこころ楽しき留守居のわれは

ひとりなる食事を終へて宵の口のいまだ明るき時もて余す

油虫つきて育たぬ茄子の苗抜きてちひさきサラダ菜を挿す

蟬のこゑ

うたがひのなきまま山の田を継ぎて村の人らの富めるともなし

頼るもののなきは貧しく年老いて救ひなきこの山村に住む

山峡の人らの日々をなぐさめん尺に満たざる古き阿弥陀は

梅雨の間に黴びたる茣蓙を干すをみな干すによろしき夏日を言ひて

夏空に穴あくごとき一瞬の空白ありて蟬のこゑ止む

手を打てる音に群がり寄る鯉の人に慣れしは卑しきものを

ひとしきり村にとどろきゐし雷の夜明けてとほく海に移ろふ

台風のなごりにひと日沸きかへる海見おろして砂丘に立つ

荒草の種

穂薄のそよぐを見れば父逝きしのちの半歳たちまちに過ぐ

なきがらの父を飾れる白菊にとまりゐし虻おもふなにゆゑ

われの手を借りてやうやく起き上がるかの日の父よ痛ましかりき

かくて世は過ぎんとおもふセーターの荒草の種手に払ひつつ

白鳥の南にわたる群いくつ昨日に過ぎてけふまた過ぐる

なにするとなく縁側に座す母に救ひのごとき冬の日が差す

雪の夜天

旅さきの安けさにして千円を越えぬ佃煮値切りつつ買ふ

亡き父の待ちゐたるもの幼木の椿にことし斑のはなが咲く

不始末の処理にひと日をつひやして一人になればいたく疲るる

老い母のかたへに妻のねむるさまこころ濡れゆくばかりに寂し

緋の鯉の冴えざえとしてしづみゐる冬のいづみの水のあかるさ

おのおのの家にて味噌の豆を炊く冬のにほひの今に親しも

いかづちの過ぎてほどなく谷あひは降りゆたかなる雪となりたり

門松を集めて燃やす火祭りのほのほは雪の夜天いろどる

晴れわたる朝の空に寒月の透きとほりゐて紙のごとしも

干し魚のにほふ浜道貧しくて村はさみしきことばかりなり

浜の径

山茶花の雪に傷みし白妙のこころに沁みてかなしきものを

みづからの影にかさねて雪の田のうへに降りたつ白鷺一羽

行人のなき真昼間の浜の径雨ながら日のひかり差したり

木の齢《よはひ》人より長きことわりに亡き父植ゑし紅梅が咲く

二十年ともに暮らしてわが妻にいかなる幸を加へしや否

田植ゑ

三月の寒のもどりにおしなべてことはかどらず昨日もけふも

消えのこる雪にしづみて降る雨のま近に聞けば音のしたしさ

さだめなき朝のあゆみに水仙の黄の花に会ひ白花にあふ

覚えあるもののもあるいはなきもののもこぞりて庭の菜園に萌ゆ

いちやうに春の黄砂となりにけり町の上また海のうへの空

山ひとつ越えしのみにてこの村の田植ゑは二十日里より遅し

洗ひもの乾くと妻のよろこびて春さむき日のストーブを言ふ

夏の座敷

亡き父の灯ることなき夜の部屋を過去の世のぞくごとくわが見つ

ひたぶるに働きてなぜ貧しきか田にまた海に老いたる人ら

荒沢の草を薙ぎつつ流れたる砂ありきぞの雨のなごりに
かく老いて身ごもる猫もあはれなりひと日庇のしたを動かず
水ふかく流るるところ過ぎてより山川はまたこゑににぎはふ

七月の風吹き出でてひとしきり青葉の森のこゑふくらます

老いふたり住む家なれば高だかと結ひし囲ひは夏もほどかず

風かよふ夏の座敷に昼寝する何がしあはせといふこともなく

夏のあめ音にたたたねばしみじみと白砂の庭に沈みてゐんか

幾たびも向き変へながら精霊を送るともし灯夜の川くだる

煙

五十歳過ぎて成すこと多き日々時の流れの速くなりつつ

意欲的なるいち日もなきままに常より暑き八月をはる

砂浜にあがる煙をとほく見て納骨の経墓丘に誦す

美容院終へてスーパー巡らんと電話して妻のしばし帰らず

ゆく夏のゆふべの道を歩みつつ何にはかなきわれのこころか

田に老いし人の手の取ればわれの手のか細き節は罪のごとしも

加護札

永代の経の銭のみたくはへて身寄りなき老い逝きたりしとぞ

石蕗に継ぎて山茶花ひらくころ差す日のかげの日増しに暗し

好物のとろろ夕餉の卓に出てけふの諍ひながく続かず

黒豆を指につまみてわが息子上等上等と言ひて味見す

僧俗のいづれ分かたぬ老いびとが御堂の隅に加護札を売る

おろそかに日々過ごしゐてこの日頃老いそめぬれば眼鏡など買ふ

昼間なほ灯せる冬の魚市場鱈をかこみて男らが競る

テロップ

脚あらふごとく渚のみづに立つ鷗がわれを待ちて飛び去る

苦しみの日々としいへど患へる友には友の善きことあらん

雪どけのみづに浸りて花さへもかすかに青く水芭蕉咲く

境内の白梅散りしそのうへに重ねて砂を工夫らが敷く

緊急を告ぐるテロップ映像に流れて突如街揺れはじむ

なゐののち赤く燃え立つ夜の街を泣きつつ伝へ映像終はる

山椒の葉のこまやかに萌ゆるなど山を移ろふ季のかすけさ

高速の道路に売りて残りたる三角の畑老いびとが打つ

レントゲン写真幾度も見直してなににためらふ青年医師は

少年のころ

石ひとつ置かるるのみに寺庭のいさごしづけししろじろとして

浜村にたまたま葬りかさなりて互みに人の数とどのはず

梅雨空のいつかく晴れて湖の面に延びつつぞ来る午後のひかりは

あぢさゐの花毬にあめ残りゐて藍さえざえと梅雨ふかまりぬ

旱天のつづく七月わづかなる湖水に蜻蛉産みつぐあはれ

二尺余の鯉獲りて来しをところにまじりてきよき少年のころ

新しき畳の匂ひたつ部屋にこよひのやすき眠りを待てり

わたくしの時間にいまし追ひつきて電車が夜のホームに入り来

夕雲

あるときは先立つ順を変へながら二羽の海鵜が入江をわたる

忙しくひと日過ごして知らぬまに襟汚れゐることも果敢なし

かたくちの群ひき寄する網のうへ海鳥さとくすれすれに飛ぶ

仮設にて同居するよりなき人らわづらひ事の絶ゆるなしとふ

透きとほる花片幾まい重ねられ青き硝子の薔薇になりゆく

宵はやく眠りて目覚めたる妻がいまだ眠らぬわれにおどろく

もうひとり少年のゐて葦群のうちに聞こゆる声に返事す

ひとり来てあふぐ砂丘の秋の空飛天のさまの夕雲朱し

耳ながき兎は耳の冷ゆるべし秋風さむき日暮れとなりぬ

母

わが裡のいまだに未熟なる部分けふは赤子の泣きごゑ厭ふ

子育ての終はらんとして銭かねのこだはりかつてほどにはあらず

とむらひの列進みゆく道のうへ海より差してさむし西日は

車屋にタイヤを替ふる男らの慣れし仕事はぞんざいに見ゆ

起こされて飲むスープさへこぼすなど老いて整ひなきわが母よ

これといふ感慨もなく今年また忙しきまま元日迎ふ

塩

土間の下ゐぐりて雨の逃げゆきし穴より細き日のひかり差す

かたくなに狭きおのれと知りたれどさもなき意見繰り返しいふ

生きもののあたたかさなく熱帯魚しろき灯ともる水を行き来す

若布よりこぼれし塩のあらき粒冬夜の卓のうへにきらめく

冬の日の寒き河口にただよひて光りゐるものなにとも知れず

息あらく走るランナーおのおの時間埋めつつわが前を過ぐ

手花火

貴重なるものには見えぬ木片が水にひたされ公開さるる

貧窮の画家のアトリエ巡りつつそこはかとなき飢渇すがしむ

旅先の感傷にして往来のちひさき碑さへ足とめて読む

老いたるは薔薇さへ棘の少なきを話に聞きてうべなふわれは

しろがねの火に始まりし手花火がいま十方に赤き火はじく

思ひ出は相ことなりてかの旅の出来事ひとつ連れ合ひが言ふ

辛うじて津波の塩に耐へにしを夏の日照りに枇杷枯れしとぞ

仮象

学校を時の尺度に育てこしふたりの子ども大学を終ふ

孟宗のかすかにそよぎゐる音もすがしき風のかたちといはん

ためらはぬ豪雨となりて散りがたの桜はこの夜はな終ふらんか

飛行機の窓よりみればかがやきて仮象のごとく夜の街はあり

いつよりか嘆きも消えて山あひのここに住むべくこころさだまる

わづかなる振るまひに立つ塵さへも親しく予後をいたはりて臥す

銀行のうちにせはしく動きゐる人ら閉ざしてシャッターくだる

いちじくの葉群に雨の音つどひ五月のながき日の暮れんとす

白はな

花棚の下にちひさき池ありて水照りに藤の房はかがよふ

折々にわれに吠えゐし老犬のすがたも小屋もいつよりか見ず

昼間よりベンチに酒を飲む男近づけば常なにかつぶやく

選ばれしひかりのごとく六月の日は沖合の一劃にさす

えにしだの藪のなかにもゐるらしく雀のこゑはこの朝殖ゆ

暮れ方の蕎麦の畑の白はなのそよぐはさびし潮泡に似て

稗伸びて育ちの悪き稲田ありなにに怠けて人は過ごすや

いささかの時間の齟齬に暮れのこる沖合の雲夜の街に見つ

城跡につづく真夏の坂のみち荒草は丈たかく黙しぬ

欠伸

すぐる日の風に傾く向日葵のかたむくままにひらく大輪

草むらにひそみてゐたる蝶の群電車過ぎゆく風に舞ひたつ

みづうみに映れる空のひとところ砕きて夏のはや風が過ぐ

朝なあさな膳をそなへてをろがむに父よあなたに会ひたし父よ

見はらしのよき高台に建てられて病院はその形にともる

病み痩せてつれあひの喪主つとめしがそれより二十日あまりにて逝く

弱腰のゆゑにわが負ふ咎ならんおのれ名乗らぬ電話が届く

捨ておけぬ内容なれば電話機に残る履歴の調査依頼す

来客の途切れてひとりなる時にしきりに欠伸出づるもあはれ

火の粉

ただならぬ侵食にして冬晴れの空たかく立つスカイツリーは

わがバスの隣のバスのをとめ児とまなこ合へるもけふの縁か

人避けて入りたる駅の奥の店意外にうまきラーメンを出す

吹きつつぞ食ふラーメンのやや冷めてそれよりのちはひと息にくふ

風避けて工事の木端燃やす火の火の粉は夜の闇に吸はるる

僧

常よりも鯉の猛きはきぞひと日風の騒だつ池に過ぐせし

かつて見しままにてあればさながらにみ寺は時のこごるたふとさ

怠りといふよりはなし然はあれど宵はやばやと寝るは楽しく

マンションの下の階よりともる灯をみれば日暮れに遅速あるらし

雪ふかきかの山畑に甘藍はきりりとおのれ巻きつつゐんか

屋根の雪とけてこのごろ開けやすき居間の引き戸を妻がよろこぶ

噂さへ聞かずになりて失踪の僧は俗世に紛れゆきしか

天　寿

生と死のへだたり不意に近づきて息荒あらと眠る老い母

天寿とふ言葉におのれなぐさめて意識もどらぬ母を見まもる

消灯のちかき時間にたづね来て死を待つ母の傍へに座る

五十歳なかばに親のある幸を母看取りゐて妹が言ふ

腕時計窓にかざして看護師が夜ふけの部屋に脈拍をとる

応へなく眠れる母に幾たびも子が帰国するまでの日を言ふ

諦めの生とは決しておもはねど死を待つのみの母のいのちか

死はつねに唐突にしていま逝きしばかりの母を電話は告ぐる

父逝きしときとおなじく縁者らのなかにわが立つ位牌を抱きて

とむらひ

亡き母のとむらひ過ぎてこの幾日吹雪のつづくきさらぎの空

人の世の賑はひとして過ぎゆかんたとへば母のとむらひもまた

母逝きしことさへとほく思ふまでただ忙しくわが日々は過ぐ

苦しみて病む老い母のいまの死を願ひたる罪また思ひ出づ

木の芽

たばしりて降る午後のあめ消えのこる雹あつめつつ道流れゆく

聞き役にまはりて帰り来しわれの夜ふけて不意に怒りわきくる

たひらかに均しし砂に石いくつまじりゐて朝の霙にひかる

わが顔に父の面影出で来しをいはるるも老いの先ぶれならん

夕映えに照らされて赤くひかりゐし雲が憩ひのごとく暮れゆく

たしかなる闇となりつつ宵の口の街上の灯にちから満ちくる

やうやくに寒さゆるみてこの夜の闇に動かん木の芽のありや

素足

かがやける装飾あまた身につけてさみしきこころなぐさむるらし

くれなゐの濃き真椿の花ひとつ音置くごとく道に散りゐつ

酒飲まぬゆゑにおのれを失へるすべさへなきはあはれといはん

ひとりゐることに憩ひて春風の空ゆく音をききつつ眠る

微小なる穴よりひかり洩るるごと夜空に幾つ星がきらめく

沼の辺にひらく辛夷のしろき花みづの化身と言ひてすがしむ

この日頃にはかに寒さやはらぎて畳に素足やすき朝あり

山あひに暮らしつつゐて夜おそく明かりともすは標的に似ん

酔人

夜の駅に寝る酔人を粗末なるもののごとくに見て人ら過ぐ

沈黙の充つる夜のバスいちやうに疲れし顔の人びとが乗る

いつよりか会に出でこぬ人のあり何に傷つきて離《さか》りゆきしか

何を負ふひと世か答なきままに五十五歳の生日むかふ

段々にみづの満ちきてこの昼は五枚目の田が湿りを帯ぶる

雲裂きて朝の日させばさしあたり影投げだして街路樹は立つ

亡き母の品々のなか母の日にわれの贈りしネックレスあり

ひとときの昼の睡りに亡き母の夢見しむるは何のいましめ

計り得ぬあとさきにして病む母が父より長くこの世にありき

縁

おほよそは散りしが沙羅の花幾つ暮れゆく寺の裏庭に咲く

伏流のみづに育ちて塩うすき岩牡蠣われは吸ふごとく食ふ

齢たけし証ならんか誰の子といふへだてなく幼いとしむ
とむらひの儀式不要といふ聞けば若さはときにはなもちならず
感情のさしひきののち間をおきて出づる言葉を怪しむなかれ

相好をくづしつつ来て青年が駅頭のひと連れだちて去る

辞めるにも順番あると責められてこの先二年の役員を受く

名前すら思ひ出さずに相ともに会釈を交はすこともあらんか

たまたまに人と出会ひし発端を縁《えにし》と言ひて尊むらしも

ひもすがら風のかよへばつねよりも早く御堂の蠟燭終はる

万人に幸おとづれし日のごとくしづかに赤き日の沈みゆく

鳥海の山の雪形「馬の首」「茶釜」の消えて夏到来す

点灯の紐

若き日の仕事に腰のまがりたる老いのすがたをこの頃は見ず

風さやぐ昼すぎにして公園の槻はゆたかに木もれ日を撒く

山畑のひかりの荒きひとところたうきびの葉が夏日を返す

くり返し汗ぬぐふ人そばにゐて電車のわれの安らぎがたし

出張の緊張とけてこの夜のふかき睡りに夢さへたたず

点灯の紐探さんと二度三度闇におほきく両腕を掻く

年々の連想にしてゆふまぐれかなかな鳴けば亡き父を恋ふ

山ひとつ支配して鳴く蟬のこゑ滝のひびきのうちに入り来ず

菊花

幾とせのへだたりあれどみまかりしのちは遠近なきちちははよ

磯浜に住みゐし猫の二十匹ある夜の波に攫はれしとぞ

おのおのの音は没して絶え間なき街の響きのなかに人待つ

靴音の男をみなを聞きわけてホテルに過ごす時のはかなさ

全山のもみぢ讃へてわが立てば青ひといろの空をもあふぐ

惜しまんといふこともなく酢につけて甘き菊花はひといきに食ふ

幾ところみづ湧きいでて寺池のおもてはひかり常さだまらず

さしあたりめぐりにひびく雨の音ひろく夜の街つつみてゐんか

夜遅く逝きしちちははかへりみてすなはち時は人を選ばず

傘を打つ音運びつつ開冬の雨ふる夜の街をかへり来

くれなゐの梅

あらかじめ酒をあふりて下帯の信者ら寒の滝に打たるる

ひとところ氷は解けて貯水池のみづに夕日の茜がうごく

かすかなる雨とおもへどひもすがら降りて路傍の残雪消ゆる

くれなゐの梅咲くみればこそありてけふすでになき母をしおもふ

おほ母のとむらひの日のはかな事妻には宿りわれは忘るる

親しみし人の幾たりみまかりて母なきのちのひととせ早し

山の桜

花幾つのこる椿は咲きそめの頃にかよひてうひうひしけれ

木蓮をえにしとしたる連想の亡きちちははに至りて終はる

駐車場照らすあかりに浮きたちてそこはかとなく咲く桜あり

今年また山の桜の咲きいでて人かかはらぬ花のすがしさ

朝より吹くこの風に花咲きてこの風に散る山の桜は

峡の空かよへるもののあるらしく桜の花は帯なして飛ぶ

幹くろき桜と思ひゐたりしが花散りてよりさして思はず

春潮はにはかにみちてまなかひの湾に音なき力みなぎる

花屋より出でくる人のかかへ持つ薔薇はこの夜いづく飾らん

かんばせ

遅れきて入りたる部屋に人の香のこもりゐて温き空気をいとふ

やすやすと立ち入りがたきしづけさに眠れる妻のかんばせを見つ

ひとときに視線集まるここちして電車にちかくホームをあゆむ

ごみ箱に丸めて捨てし紙くづが気配ひそかにひらく音する

とりあへず今宵の憂ひしりぞけて安き眠りに身をゆだねんか

それぞれの時間集めて始まれる会議けうとし午後二時過ぎて

悲しみの夢にありしが朝よりの些事にまぎれてはやく忘るる

忙しく過ごしつつゐてあけくれはきぞのことさへとほく隔たる

寝息

疲れたるまま働けばことなべて感動あはくわが日々は過ぐ

真夜中に目覚めてすでにちちははのなきこのうつつ寂しくてならぬ

夕闇に影すくはれてたつさくら花ほのじろく暮れ残りたり

散りがたの桜のはなの林あり昨日よりけふわづかに暗く

きりぎしの上たかだかとはな咲けば桜の花片ながく散りくる

君在りて作りし歌がとむらひの幾日ののちの新聞に載る

むきむきに至る睡りにこの夜も妻の寝息の早くととのふ

春日

あたたかき春日となりて沼の面は映る雲さへゆるやかにゆく

わたなかにうまれてとほく来し波が時うち捨てて渚に終はる

日に幾度家出でくれば内そとは昼すぎてより寒暖差なし

まのあたり時間進みてあたたかき真昼いつきに桜がひらく

山桜散る村のなか今年また子ども減りて山車を曳きゆく

父逝きて五年母なき一年をきぞのごとしと言ひて果敢なむ

昼の眠り

おのづからなる軽重に杉森の手前にそよぐ竹の林は

アスファルト割きて出でこし蒲公英のここに花咲く必然はなに

蕾なる牡丹とともに時待てばわれの五月はゆるやかに過ぐ

青芝に坐りしのちは噴水をめぐりて群るるひとりとなりつ

全山の青葉あふぎて吹く風が青といふよりなき空に消ゆ

すこやかにわが覚めしかばひとときの昼の眠りは時をあざむく

おのおののえにしに人はつどひ来てをとこをみなの若きを祝ふ

白桃

とどまらぬ時のちからに昨日よりけふくれなゐの牡丹がひらく

常ならぬ部屋の気配はくれなゐの牡丹を卓のうへに飾れる

ひとしきり身めぐりの音しりぞけて噴水のみづ池の面を打つ

草そよぐ中州は梅雨のあめ降りて午後は騒だつ川瀬となりぬ

デパートのなかを抜けきて降りいでしあめ知らぬまま駅頭に出づ

会席の納めに出でし白桃のかぐはしければ惜しみつつ食ふ

高原の眠りに日々のくるしみの夢見しむるはなにの報いか

セメントを練りて余れる小石など轍のふかき工事場に撒く

雨やみて間なき夕街吹く風のあるかなきかにわがからだ冷ゆ

空調

告別につどへる老いら斎場のさむき空調くちぐちに言ふ

ことさらに空調さむく保てるは祭壇の花まもらんためか

亡き人をはうむる丘は尺大の蠟燭さへも消して風吹く

ひとつ時待ちゐし人ら今しがた入り来しバスに次々と乗る

朝覚めておもへばきぞもうつしみのうちに吸はるるごとく眠りぬ

言ひたきをいはずに努めたる役目退きてこころの軽きともなし

四十年ともに過ごししその妻の非在に友の慣るる日ありや

弔ひを終へしはきのふ生き残るものにはけふも梅雨のあめ降る

諾ふといふにはあらねしかすがにこの人の嘘わがたしなめず

芙蓉花

映像のなかのかなかな鳴くこゑに重ねて窓の外にも聞こゆ

おのづから花をし閉ぢて芙蓉花はひと日の時に従へるらし

やうやくに風をさまりて夕暮れの森も野にあるものも憩はん

高原の草生にひとり横たはり眼つぶりをれば西東なし

沼の面を押しつつ風の過ぐるときさざ波移り秋の日うつる

つひの日

発言をうかがひゐしが唐突に話題かはりて折をうしなふ

うたた寝をして駅いくつ過ぎし間にわが前の人入れ替はりをり

二十分ほどの午睡にしびれたる腕はかなめどぢきに忘れん

いさかひて別れし人が仲だちの友らとときに昼の飯食ふ

つひの日を十年のちとわが決めてまづは息子を急ぎ育てん

さくら一輪

黄葉《くわうえふ》のきはまるひと木かへるでは日のほとぼりのごとく暮れゆく

山峡の空にひとときに集ひゐし雲がいかづち打ち捨てて去る

初雪ののちあたたかき冬の日にあざむかれたるさくら一輪

ちちははのなき寂しさのいつよりか時にまぎれて淡あはとなる

挨拶をいとひて気づかざるやうにすれ違ひしも互みならんか

電車より見ゆる堤の冬の日のかぎろふみづは香にたちてゐん

もて余す時つぶさんと入り来しがカフェを出づれば土砂降りのあめ

雪のうへのおのれの影をたのしまん竹のひと木は揺らぎてやまず

流氷

たまたまに眼をあけて歯科医師の間近き顔におどろくわれは

亡き母の大祥ちかしかへりみてこのふたとせに逝きし幾たり

氷泥のおほふ海面のおもおもとたゆたふさまは息づくごとし

幾重にもかさなり合ひて角《つの》だてる流氷は今朝影あらあらし

海水のにじむ足跡たどりきて岸よりとほく流氷にたつ

転倒を防がんすべの砂さへも凍りて夜の雪道ひかる

眼鏡

眼鏡《がんきやう》の顔いぶかしみ言ふ人のこの頃なきは馴染みたるらし

ひもすがらマスクをかけてわが息にくもる眼鏡の煩はしけれ

本を読むいとまさへなく秋田より羽田へさらに出雲へと飛ぶ

約束に遅るる人を待ちながら過ぎゆく時間惜しくてならず

中傷を取りあはぬまま過ごしゐて何か非を負ふごとき日々《にちにち》

年長の子

幾ばくか報酬のよき休日に出でゆきて土砂に埋もれしとぞ

焼香の煙はみちて斎場につづけざまなるしはぶき聞こゆ

火照りたる台車のうへにかばかりのみ骨となりし人をぞひろふ

青年のとむらひののち帰りきてけふは湯に浮く垢をいとはず

あるときは歩みをとめて年長の子が幼らの列を曳きゆく

砂利均すのみにしあれど男らのつどふはなにか事あるごとし

ほがらかに春の寒さを言ひながら涅槃会の朝をみならつどふ

ゆつくりと駅舎を出づる貨車ありて引き出されゆくごとく重たし

花溢れちから満つるとあふぎしが桜は三日経てあめに散る

声たかく走りてサッカーする子らにひとり少女のまじる優しさ

高原に見下ろす川のはるかなる行方あかるく春の日に照る

春のあめ

かへがたき経験なれど移ろひてなべては過去のかたまりとなる

上場の企業一社に頼りたる過誤にすたれしわが住む町は

音たてて入り来しみづのそののちはひろき春田のひかりとなりぬ

起こされてささくれし畑なだめつつひすがら春のあめ細く降る

土かわく五月の日々よいつよりかざわざわとして葦群そよぐ

草かをる高原にゐて告白をうながすごとき風に吹かるる

教へ

雪形のややに崩れて鳥海の山はあらはに季移りゆく

延焼を防がんすべに山裾の草まづ刈りて野火をぞ放つ

日に百本抜かば草など生え来ずと言ひゐし母の教へ守れず

梅雨雲の移ろひ重く鳥海の山はこの朝裾ばかりみゆ

昼間より灯れるビルの窓いくつ明るくなりて梅雨の日暮るる

通り抜けかなはぬ路地に鉢置きて人はちひさきトマト養ふ

ゆく夏の夜空にひらく火の花を天上界の人ら摘まんか

女友達

入金のまへに高利の金借りて田を売りし人遊びゐるとぞ

燃えさかる屋根くづれんとするときに嘆美のごとき声湧きあがる

新しき長靴買ひに来し農夫うつくしき歯の若者にして

子どもらの成長待ちて離婚するねがひを女友達が言ふ

夕ぐれの校門の前こゑきよく子らがふたてに別れゆきたり

妻臥してふつかばかりに食ひさしの菓子のたぐひが卓に散らばる

身のうちの疲れかくして振るまふに夕暮るるころ胃が痛みだす

旅さきのつねなればかく小刻みに眠りを継ぎてひと夜を過ごす

結　末

今生の別れ言はれてたぢろげば病む友はつくり笑ひよそほふ

老いきざすあはれは些事にあらはれてけふは留守居のひとりをいとふ

重き舟漕ぐありさまに老いびとが杖にすがりてうつしみ運ぶ

いくたりの手を渡りきて事ひとつ純粋ならぬ結末となる

病み瘦せて眼孔深くくぼめると聞きてひと月のちの訃報か

猫

台風は夜半に過ぐると忙しく林檎もぎゐるかたはらをゆく

うつしみの香を装ひて来しをみなかぐはしき香は部屋ぬちに満つ

肩さむくわが目覚むればかたはらに眠りゐる猫闇に身じろぐ

野良猫を拾ひ育てて六ヶ月人いぶかしむまなこの消ゆる

ひもすがら怠けて過ごすわが猫が生ぐさき息はきて欠伸す

観賞ののちはむしりて食へといふたまものの菊卓にかざりぬ

生者らを拒めるさまに亡き人が声ををさめて部屋に横たふ

人逝きてさわがしき日々とむらひののちはしづけき村に戻りぬ

修行僧みな若ければ一途なる五体投地の反復を見よ

みづからの思ひを人の口にいふ「あの人がさう言つてましたよ」

夜ながく机のまへに座りゐてすわりなほせばこころの揺らぐ

小説

一瞬のためらひののち噴水のみづは緊張ときて崩るる

昼過ぎて出でこし風にながされてゆふべ雲なきみ空となりぬ

救急車とほく過ぎしと思ひしはあるいは夢の出来事なりや

年長けて疎遠になれるかの友の庭の白萩花あふれゐん

抜歯後の日々の治療にかよふなどわづらひ増えて十月となる

公園の芝のたひらにさす明かりときにさへぎり人とほり過ぐ

新しく敷かれたる砂湿りゐて道の片側したしみがたし

新聞の日々の小説待つ妻のつつましくして過ぎんひと世か

移ろへる季のあはれにこの年もくちびる荒れて立冬迎ふ

だしぬけにいかづち照りて夕暮れの雪降る闇の藍色ひらく

あとがき

本書は私の第四歌集で、平成二十一年から二十七年までの作品四百八首を収めた。

タイトルの「仮象」は

　飛行機の窓よりみればかがやきて仮象のごとく夜の街はあり

からの命名である。

私が生まれる前のとてつもなく長い時間。そして私が死んだ後も果てしなく続いてゆく時間。絶対の主人公であるはずの自分がいなくなったとしても、何ひとつ変わることのない宇宙の営みからすれば、私の存在などはほんの一瞬の仮象に過ぎず、立場を逆にした時、身めぐりを移ろう全てのものも仮象なのかも知れない。そうした中にあって、歌を作るという行為にどれだけの意義があるのかは分からないが、ただ私は歌が好きなのである。「好き」という思いは、如何なる歌論をも凌駕すると考えている。その思いだけで歌集を出すのであるから、読者の心にひびく歌などないのは百も承知だ。仮に一首でもそうしたものがあるとすれば、それは先師、川島喜代詩先生に学んだ賜物である。

この度の出版にあたっては尾崎左永子先生に帯文を書いていただきました。また、現代短歌社の道具武志氏には一方的でわがままなお願いを数多く聞き入れていただきました。多くの友人の励ましもありました。そうした全ての方々に心より感謝申し上げます。

ありがとうございました。

平成二十八年一月

山中律雄

略歴

1958年　秋田県生まれ
1984年　「運河」入会　川島喜代詩に師事
歌集　『無窮より』『刻ゆるやかに』『変遷』
現代歌人協会会員・日本歌人クラブ会員
「NHK 学園」短歌講座講師
「秋田魁新報」読者文芸選者

歌集 仮象

平成28年4月8日　発行

著　者　山　中　律　雄
〒018-0411　秋田県にかほ市院内字大門14-1
発行人　道　具　武　志
印　刷　㈱キャップス
発行所　**現代短歌社**

〒113-0033　東京都文京区本郷1-35-26
振替口座　00160-5-290969
電　　話　03（5804）7100

定価2500円（本体2315円＋税）
ISBN978-4-86534-147-8 C0092 ¥2315E